# *Mistress o padrona di casa*

## *Desideri Oscuri:*

*Diventando Lei scopre il lato dominante di sua moglie.*

*(Taboo Erotica Femdom Punishment, Feminization, First Time, Panties, Strapon & More)*

*Summary*

enjoy the reading.................................................................

# *Introduction*

Cercherò di suscitare in voi con questa raccolta di racconti la curiosità di sperimentare.

Cercherò di dimostrare che lo strapon non è satana.

Cercherò di dimostrare che un uomo e una donna nella loro intimità sessuale hanno tutto il diritto e il dovere di cercare la libertà.

# 1. The first experience *(la prima esperienza)*

In passato la mia donna mi aveva stuzzicato il mio posteriore, a volte con la lingua, altre volte con un dito, a volte fugacemente, altre volte perdendo più tempo. Erano tocchi che mi davano sempre una "scossa di elettricità", che sottolineava la magnifica erezione che seguiva.

Il mio sospetto era che lei sapesse che mi piaceva e che si riservasse quei momenti in cui aveva il desiderio di essere scopata "forte".

Ultimamente questi momenti sono aumentati, non è passata una sera che il suo dito non "forzi" il mio buchino, nel mio inconscio pensavo fosse un nuovo modo di giocare, un modo che non faceva altro che amplificare il piacere.

L'altro ieri, di ritorno dal lavoro, ho notato che in casa c'era "un'aria strana".

La tavola era apparecchiata come accade per le occasioni speciali, in cucina c'era il mio piatto preferito, odore intenso di candele profumate nell'aria.

Ho visto che c'era qualcosa di strano guardando gli occhi della mia donna. Brillavano di una "luce particolare", una luce che aveva di solito quando "aveva un grande desiderio".

Non dissi nulla, ma stavo già aspettando la sera, ho fatto una doccia e mi sono seduto a cena. La conversazione è proseguita allegramente, aiutata da un buon bicchiere di rosso, nella mia mente vedevo già la mia donna a "pecora" che mi offriva il culo, cosa che accadeva solo nelle grandi occasioni.

Arrivammo al dolce e lei si alzò, andò in cucina e prese un piccolo pacco, e con un sorriso malizioso me lo passò dicendo: "è per te amore mio, spero ti piaccia", l'ho aperto con curiosità , era uno "strapon". Un culo sarebbe stato offerto, ma sarebbe stato ... il mio.

Mi chiedo semplicemente "vuoi?", Il mio "sì" è stato spontaneo, segno del desiderio che volevo essere "preso" dalla mia donna e di interpretare il ribaltamento dei ruoli.

Mi prese per mano e mi condusse in camera, aveva preparato tutto. Dal comodino prese della crema lubrificante, si svestì e mise l'attrezzo, mi svestì e mi mise a pancia in giù, pose un cuscino in modo da "esporre" il mio culo, aprì l'anta dell'armadio e si assicurò che le nostre figure fossero ben incorniciate nello specchio interno, abbassò la luce e iniziò a leccarmi la schiena. Sentivo l'eccitazione crescere dentro di me, la sua lingua si fermava sempre più spesso sui glutei, le sue mani "costringevano" i miei glutei prima a divaricarsi e poi a restringersi, avvicinandosi e allontanandosi da quel piccolo foro che presto avrebbe ospitato l'attrezzo che aveva tra le gambe, che ora sembrava molto grande per me. Attendevo con curiosità "godendomi" ogni momento, sentivo le sue dita esplorare l'interno del mio corpo, ero consapevole della crema che avrebbe facilitato l'introduzione dello strapon e poi alla fine ho sentito la punta dell'attrezzo che forzava la mia apertura. Mi sono irrigidito e ho sentito la sua voce che mi diceva di rilassarmi, quindi ho chiuso gli occhi e ho atteso.

Lo strapon avanzava dentro di me con una lentezza esasperante, centimetro dopo centimetro si faceva strada nel mio culo, che fino ad allora non era mai stato abusato.

Alla fine della lunghezza, l'ho sentita dare l'ultimo colpo, poi ha iniziato il movimento "dentro e fuori".

Ho sentito il piacere crescere dentro di me come una marea. Il mio cazzo era stimolato dai colpi sempre più decisi della mia donna e dal rumore della base dello strapon sui mie glutei e alla fine è esploso come un vulcano, ho urlato come un matto chiedendo alla mia donna di continuare, ero in una estasi mentale che condividevo con quelle femmine da letto che spesso avevo a disposizione.

Per quel giorno ero la ragazza da letto della mia compagna, una compagna che mi fotteva divinamente.

Venne anche lei subito dopo, le nostre urla si sono mescolate, i nostri umori si sono mescolati, eravamo esausti sul letto, personalmente felice di unirmi ai ranghi di quegli uomini che si facevano scopare ... dalla loro donna.

# 2. *The wife abuses her husband's ass* *(la moglie abusa del culo del marito)*

Come coppia siamo abbastanza libertini, la nostra vita sessuale è abbastanza soddisfacente e spesso facciamo cose "fuori dall'ordinario", come fare sesso all'aperto, andare in qualche "club privato" o vedere alcuni film porno.

Durante una di queste visioni, sono stato fulminato.

Il video era il solito film pornografico, che mostrava i rapporti nelle posizioni più strane, una delle quali ha attirato la mia attenzione in un modo del tutto insolito.

Abbiamo visto una donna che, armata di un "gioco erotico", sodomizzava il suo compagno.

La posizione era la classica posizione a pecora ma lo strumento ha attirato la mia attenzione.

Era un pene indossabile.

Attraverso quest'ultima, la donna assumeva la forma di un uomo e infatti inverte i ruoli con il suo partner.

L'emozione che mi ha preso tra le cosce è stata immediata, mio marito non si è accorto di nulla, ma io avevo trovato il modo di usare il suo culo come lui usa il mio. La mattina dopo sono andata a lavorare, su internet ho scoperto che il giocattolo sexy era uno strapon.

Leggendo su google  ho capito che la pratica, che tra l'altro si chiamava pegging, era molto popolare nel  Paesi nord europei anche tra le coppie eterosessuali.

Ho scoperto anche che il giocattolo erotico era disponibile in vari sexy shop in rete e senza pensarci un attimo l'ho comprato.

# 3. *The conviction* (il convincimento)

Il pacco è arrivato a casa dopo pochi giorni, ma allora ebbi il problema di convincere il mio uomo a lasciarmelo usare su di lui.

Noi donne sappiamo tirare i fili dei nostri compagni. Quella stessa sera iniziai a lavorare.

Ho iniziato avvicinandomi lentamente al suo buchino, l'ho fatto quasi per sbaglio, la prima notte con la lingua, qualche sera dopo l'ho toccato con un dito, e finalmente ho inserito l'anulare all'interno.

All'inizio sembrava infastidito, ma l'azione congiunta della mia bocca e delle mie mani lo convinse a sottoporsi al trattamento.

Stava arrivando il momento della verità, quel momento in cui avrei capito se sarei stata in grado di "abusare del mio uomo".

Ricordo come la notte in cui ho deciso che sarebbe successo, ero presa da un'eccitazione insolita.

Ero disposta a "offrirgli" il mio culo. Sarebbe stata la sua ricompensa per avermi permesso di ... scoparlo.

Tutto è andato come previsto, a metà serata mi sono voltata e con le mani gli ho fatto capire la voglia che avevo di "sesso anale". Un attimo prima del suo ingresso in camera gli posi la domanda principale della serata "Io ti darò questo bel culo, ma poi mi prometti di darmi il tuo? ".

Tutti gli uomini quando vedono un bel culo da poter prendere non capiscono più niente, e il mio non fa eccezione, infatti disse subito di sì.

Nonho aspettao oltre.

Soffrivo mentre mi fotteva da dietro, un dolore che però presto sarebbe stato ... ricompensato.


# 4. First time *(la prima volta)*


Questa volta ha avuto l'orgasmo molto velocemente e mentre andava in bagno a lavarsi ho indossato velocemente lo "strumento del piacere". Ripensare la sua faccia quando è uscito dal bagno e mi ha visto con un cazzo finto tra le gambe non ha prezzo. La sua espressione diceva tutto: curiosità, paura, eccitazione.

Era pietrificato. Io adesso non volevo dargli il tempo di riprendere il controllo della situazione e gli dissi: "Voltati, avevi promesso".

Probabilmente non voleva, ma era in una posizione in cui non poteva dire di no.

Mi aveva appena scopato nel culo e aveva promesso di darmi il suo.  Mi conosceva e sapeva quanto fossi vendicativa  e soprattutto penso che anche lui fosse molto eccitato all'idea.

Non disse nulla e si voltò.

Avevo preparato tutto, lo strumento del piacere era già lubrificato, ho cercato di non provocargli dolore, anche se  l'ho penetrato con determinazione.

Quando ho visto la venatura dello strapon farsi strada all'interno del suo corpo mi sono sentita un "vero uomo". Finalmente ho capito la sensazione di potere che il mio uomo doveva provare quando mi scopava nel culo. Sentivo l'energia che proveniva dalla mia testa per raggiungere la pancia, portando con se un'eccitazione che fino a quel momento non avevo mai provato. È stata una corsa lunga e soddisfacente, una corsa che mi ha portato un orgasmo travolgente. Lo strumento era effettivamente doppio e mentre lo stavo scopando in realtà mi auto scopavo.

Ad ogni spinta che davo, sentivo la parte interna stimolare la mia vagina, è stata una cosa meravigliosa, mi spingevo sempre più in profondità con il desiderio di sentire lo strumento andare sempre più in profondità nel mio corpo.

# 5. *Our balance* (il nostro equilibrio)

Quella prima volta non fu memorabile per mio marito, dopo qualche giorno mi confessò che aveva ancora il buco dolente, ma visto che mi piaceva tanto ero irremovibile, lo avrei scopato spesso. Alla fine abbiamo raggiunto il nostro equilibrio come ogni coppia che si rispetti.

Ogni tanto "maltratto" il mio coniuge e in quelle sere accetta di lasciare la sua mascolinità per soddisfarmi come se fosse una donna.

Non è raro che si inginocchi davanti a me per fargli lubrificare l'attrezzo con la bocca, in quei casi la mia vista è deliziata dalla sua bocca che, imitando un pompino, ingoia tutto il fallo.

Ha appreso tutto velocemete. Infatti sono sicura che a volte gli piace farsi inculare, non sono stati rari i casi in cui, mentre mi prendo cura del suo culo, lo vedo eiaculare all'improvviso, segno di quanto gli piaccia essere "maltrattato", o trattato bene dalla moglie, questo dipende dal punto di vista.

# 6. The surprise *(la sorpresa)*

Un giorno come tanti Lewis torna a casa dal lavoro ed entrando in camera da letto trova sua moglie in un completo di lingerie molto seducente.

La vista è molto piacevole e non può fare a meno di mostrare quanto gli piace quello che ha davanti agli occhi.

Quindi, dopo aver fatto i complimenti alla donna, si avvicina e la bacia appassionatamente, poi si avvicina al suo orecchio e gli sussurra che presto avrà modo di divertirsi come non mai. Velocemente i vestiti gli furono levati da Emma che, molto ansiosa, iniziò a baciare e leccare lungo il corpo del marito.

La donna poi lo adagiò sul letto e in piedi sopra di lui gli disse che avrebbe gestito lei il momento e che lui doveva solo lasciarla fare e lasciarle realizzare tutto ciò che voleva. Lewis, fidandosi di sua moglie ed essendo totalmente coinvolto nella situazione, lasciò che fosse così. Si abbandonò alle mani che percorrevano ogni centimetro del suo corpo, alle frasi sussurrate da sua moglie e l'eccitazione raggiunse altezze vertiginose.

Emma ha quindi invitato il marito a lasciare la stanza per qualche minute per poi continuare il loro gioco erotico pieno di seduzione e così lontano dallo sguardo del marito indossò lo strapon che aveva nascosto sotto il cuscino.

Subito dopo fece rientrare suo marito nella stanza.

Prima di fargli sentire lo strapon sulla sua pelle, però, ha continuato a leccarlo e il suo compagno ha continuato a gemere di piacere, facendole sentire tutto il desiderio che aveva per sua moglie.

Ad un certo punto, però, il dildo toccò il corpo dell'uomo e, sebbene sorpreso, Lewis la lasciò fare chiedendole semplicemente, senza tante pretese, cosa fosse. Sua moglie rispose che presto lo avrebbe scoperto.

Il dildo poi percorse tutta la schiena fino a raggiungere i glutei dell'uomo, la situazione lo eccitò e non poco, così la donna iniziò a dare colpi decisi sulla parte bassa della schiena.

Poi la donna si avvicinò sempre di più all'ano e iniziò a giocarci sopra. Il piacere dell'uomo unito ai suoi gemiti di piacere convinsero Emma a farsi avanti per spingere il dildo dentro.

Dopo la prima penetrazione, l'uomo aumentò l'intensità dei suoi mugolii di piacere ed i movimenti lenti della moglie cominciarono ad alternasi a movimenti più decisi.

L'inversione dei ruoli non fece altro che gasarli entrambi, e si eccitarono sempre di più col passare dei minuti.

Ormai la donna si era impossessata del suo nuovo ruolo e così giocava con le mani sul suo corpo penetrandolo con tanta passione, ad ogni colpo Lewis aumentava il suo godimento e sentiva che l'eiaculazione non era poi così lontana. Emma si stava bagnando solo strofinando lo strapon sulla sua figa che era così calda da sembrarle un vulcano pronto a esplodere. Non avrebbe mai creduto che ci potessero essere degli effetti simili per una simile esperienza.

Qualche altro colpo di passione estrema per innescare una penetrazione così profonda e intensa per Lewis da portarlo all'orgasmo.

I momenti finali del piacere dell'uomo fecero godere anche sua moglie e così fecero entrambi il miglior sesso della loro vita, raggiungendo l'apice del piacere all'unisono.

Appena conclusa la nuova pratica sessuale si promisero di riviverla nuovamente perché era stata una scoperta molto piacevole ed infinitamente intensa oltre che trasgressione allo stato puro.

La loro armonia sessuale continua ancora oggi ed è sempre in forte espansione.

# 7. *In the car* (in macchina)

Io e Andrea siamo una coppia aperta a tutti i tipi di pratiche sessuali ma, in alcune occasioni, a renderci così vicini è il nostro desiderio di dare libero sfogo ai nostri istinti anche in luoghi impensabili.

Ci piace ovviamente sperimentare tanti nuovi tipi di pratiche che effettivamente ci fanno sentire vivi ed emozionati come mai prima d'ora, ma soprattutto capaci di assaporare quel livello di piacere che, in alcune occasioni, ci ha permesso di farci sentire ancora più desiderosi di consumare. . . . . . . . . .

E questo è successo quella volta che, io e Andrea, abbiamo praticato il pegging in macchina. Una pratica che non immaginavo fosse così entusiasmante e che il mio uomo, un giorno, decise di propormi in un modo così semplice e naturale che sono rimasta totalmente stupita dal suo desiderio di provare questo tipo di nuova esperienza.

Diciamo subito che Andrea ed io siamo una semplice coppia che ama vivere la propria vita sessuale in ogni singolo momento della giornata senza problemi di alcun genere.

Ci tengo anche a sottolineare che mi chiamo Ariana e ho ventotto anni, sono una ragazza che ha idee particolari sul sesso. Spesso e volentieri, facendo sesso col mio lui, riesco a convincerlo a tirare fuori lati di lui che amo molto

Così, dopo tante serate trascorse tra un drink e un rapporto sessuale e tra un rapporto sessuale e un appuntamento con altri nostri amici, ho deciso di chiedere al mio uomo un tipo di pratica che, da quando me ne hanno parlato, è rimasto impresso nella mia mente.

Puoi prendermi per matta ma ho sempre amato dominare gli uomini in tutti i sensi, così ho deciso di proporre ad Andrea di svolgere la pratica del pegging, cioè quella che consiste nel consumare un rapporto anale con una donna nel ruolo di un uomo e viceversa.

Andrea mi guardò totalmente stupito. Dai suoi occhi traspariva terrore, ma anche la curiosità e la voglia di provare nuovi stimoli e sensazioni era la stessa per i sex toys come lo è lo stapon.

Quindi, una sera come tante, prima di tornare a casa nostra, travolti dall'eccitazione mentre strofinavo il mio piede nudo sulla gamba e sul cazzo di Andrea sotto il tavolo del ristorante, cosa che lo fa davvero impazzire, decidemmo di concludere la serata con un rapporto diverso dal solito. Andrea decise di accontentarmi e permettermi di interpretare il ruolo di un vero uomo.

Andrea era davvero emozionato come non l'avevo mai visto prima.

Avevo un vestito nero e non indossavo la biancheria intima e questo lo eccitava tantissimo. Inoltre si era divertito con i miei piedi sotto il tavolo per tutta la cena ma soprattutto sapeva che, questa sera, io avrei realizzato il mio desiderio che probabilmente era anche il suo, solo che non lo sapeva ancora.

Ci siamo recati in una zona isolata dietro casa nostra. Viviamo in periferia e in una zona poco trafficata, così Andrea ha deciso di parcheggiare in un piccolo spiazzo che ci ha più volte visti protagonisti di rapporti sessuali, a volte improvvisi, a volte programmati.

Abbiamo abbassato i sedili della macchina, che così risulta essere più spaziosa e soprattutto comoda come un letto, e io gli sono salita sopra. Ho iniziato a spogliarlo, accarezzandogli il petto.

L'ho spogliato in un attimo, poiché si era già tolto le scarpe, slacciato la cerniera della camicia e sbottonato i pantaloni durante la guida.

Dopo che l'ho spogliato, ha voluto fare lo stesso con me. Mi ha tolto le scarpe e il vestito e ha iniziato a toccarmi dappertutto e mi ha acceso come solo lui sa fare.

Ma prima che potesse continuare, ho deciso di fermarlo e ricordargli la sua promessa. Ho preso la mia borsetta e ho tirato fuori un bello strapon, che avevo comprato per l'occasione.

In realtà l'ho ordinato da Internet insieme a una lozione per rendere il rapporto più piacevole e meno doloroso e per fortuna il pacco è arrivato giusto in tempo per la nostra serata.

Ho girato Andrea sulla schiena e gli ho massaggiato lentamente schiena e glutei con la lozione: piano piano ha iniziato a penetrarlo con lo strapon e ho visto che, contrariamente a quanto mi aspettavo, lui dilatava i glutei per facilitare la penetrazione.

Ho deciso di procedere lentamente con lui. Era la prima volta che facevamo il pegging e non volevo che questa volta fosse l'ultima, anche perché avevo paura che lo strapon potesse fargli male.

Mi sdraiavo su di lui mentre lo penetravo e gli facevo sentire i miei seni duri.

Ero molto emozionata e ansimavo come raramente avevo fatto, lo era anche lui

e mi disse di essere più violenta, perché si stava davvero godendo quella sensazione.

Così ho deciso di aumentare il ritmo e penetrarlo con maggiore violenza.

Mentre lo carezzavo e lo scopavo, con una mano mi stringeva il seno e con l'altra si toccava il pene.

Si masturbava mentre lo penetravo, il che mi eccitava di più.

Per questo l'ho penetrato più violentemente, finché non è venuto analmente.

Era sudato, rosso in faccia ed eccitato e aveva anche una forte erezione.

Ero molto stanca ma soddisfatta e per premiarlo lo feci schizzare come gli piaceva, cioè stimolandolo con i piedi.

L'orgasmo è stato davvero incredibile. Ci siamo vestiti, siamo tornati a casa e dopo una doccia e qualche coccola ci siamo addormentati stanchi e soddisfatti. Dopo una settimana, Andrea si è fermato nello stesso posto dell'ultima volta e mi ha chiesto se avevo il mio piccolo amico di plastica da portare con me, cioè lo strapon. Andrea aveva scelto di nuovo il pegging come pratica ed ero emozionata e felice per la scelta.

Gliel'ho mostrato.

Da quella prima volta sono stati tanti i parcheggi che ci hanno visto protagonisti di questa particolare pratica sessuale, ognuno consumato con entusiasmo e piacere da entrambe le parti.

# 8. *Discovery at a young age* (Scoperta in giovane età)

Sono un uomo sposato con un amore spassionato per un piccolo oggetto di plastica: lo "strapon".

Molti non sanno nemmeno a cosa serva. Ho iniziato ad amarlo sin da giovane, quando ho fatto un viaggio in Olanda a soli diciotto anni, un paese sicuramente più libertino del piccolo paese in cui vivo ancora oggi. Sono passati anni da allora, ma ricordo ancora la felicità che ho avuto nel mantenermi grazie a un lavoro che non è mai mancato, e soprattutto la soddisfazione che ho provato nell'interagire con i cittadini olandesi, cittadini che molti considerano freddi, ma che invece sono molto caldi, soprattutto sotto le "lenzuola" della camera da letto.

In quei 16 mesi che ho vissuto nella "terra dei tulipani" ho avuto tante storie che erano frutto di una promiscuità sessuale e libertà assoluta e che non facevano altro che esacerbare il mio piacere corporeo. È stata Ingrid, una ragazza piccola e minuta di Amsterdam, a farmi conoscere il piacere del sesso vero. Venne una notte in cui avevamo dato tutto sul materasso della sua piccola casa di periferia, ero davvero esausto mentre lei voleva ancora provare. Non essendo ancora soddisfatta della nostra notte di sesso. Avevo quasi alzato  bandiera bianca e stavo per cadere tra le braccia di Morfeo quando la mia donna si alzò. In quel momento pensai che andasse in bagno, niente di più sbagliato. Infatti dopo pochi minuti l'ho vista tornare davanti a me. Teneva le sue gambe ben piantate davanti ai miei occhi e mentre le accarezzavo le curve con le mie pupille assonate  i miei occhi si son soffermati sulle mutandine.

Mi sono svegliato subito e ho incontrato il suo sguardo, nei suoi occhi ho visto la consapevolezza di quello che stava per accadere. Non c'erano parole tra di noi, mi girò dolcemente sulla pancia, e lì su quel materasso pieno di buchi ho perso la mia ... verginità anale. Ingrid è stata bravissima, comincio a giocare con il mio buchino, prima con la lingua, poi con il dito, poi finalmente non so quanto tempo dopo appena decise che il mio muscolo era rilassato mi ha penetrato. Era bellissimo, sentivo una scossa elettrica prendere il mio corpo ogni volta che Ingrind spingeva forte sul suo strumento plastico. È stata un'esperienza folle e allo stesso tempo meravigliosa, un'esperienza di cui ricordo il piacere che ho provato nell'essere fottuto da una donna per la prima volta. Da allora non ho più potuto fare a meno del cinturino.


A volte ho dato alle mie amanti l'impressione di esser pazzo, altre volte li ho incuriosite, altre ancora, poche a dire il vero, ho potuto ritrovare quell'alchimia di quella fredda notte di Amsterdam, quando quello che successe mi donò un piacere indescrivibile.

# 9. *Adventures with one's wife*
## *(Avventure con la propria moglie)*

Tra le mie avventure, quella che forse ricordo con più piacere è stata quando, insieme alla mia attuale moglie, ho conosciuto una coppia libertina. Spesso ci esercitiamo nello scambio di coppie, ma quella volta inizialmente non abbiamo avuto la fortuna che meritavamo.

La coppia scelta per l'incontro era una bella coppia almeno fisicamente, ma a letto non era molto resistente, lui non riusciva a ottenere un'erezione soddisfacente, e il suo piccolo bigolo di carne rimaneva desolatamente floscio.

Per quanto fossi eccitato non riuscivo a soddisfare entrambe le donne, conoscevo molto bene la mia ed era una vera ragazza da letto, ma la nostra nuova amica era se possibile anche più troia della mia futura moglie. Ed è stata la mia donna a dare una svolta alla serata. Quando sono venuto per la terza volta quella sera e ho chiesto un momento di tregua è stata lei a prendere le redini del gioco.

Lo ha fatto usando quello che era il nostro oggetto segreto. Con quell'oggetto ha scopato la sua nuova amica e così facendo è riuscita a riaccendermi.

È stato meraviglioso vedere le due donne ansimare più che potevano con la pelle sudata. Roberta la mia ragazza spingeva come una matta, Giulia la nostra amica invece ha cercato di allargare le gambe il più possibile, in modo da facilitare la penetrazione e sembrava completamente soddisfatta, ascoltando le sue urla.

Quella è stata la serata che ci ha portato ad inserire definitivamente nei nostri incontri lo strumento principale delle donne che scopano uomini, incontri che spesso ci riserviamo per liberarci dalle tossine della quotidianità. D'altronde nulla è proibito durante questi incontri e vedere in coppia un uomo passare dall'indifferenza dettata dalla  presunta mascolinità al chiedere un cazzo a una donna è qualcosa di estremamente eccitante. Questa è forse la situazione che personalmente mi piace di più, la ricerca di un'imbottitura solitamente riservata alle donne,  l'umiliazione di stare a pecora e allargare il buco con le proprie mani, la ricerca di una penetrazione innaturale, Il piacere che nasce dal sentire i colpi dettati dalla penetrazione, colpi che non fanno altro che eccitare il corpo e ... la mente.

Personalmente, da quella prima serata olandese, ho sempre avuto il piacere di usare lo strumento del piacere ogni volta che posso, spesso sono io stesso a convincere la mia donna, è il nostro piccolo rito usato per portare il giusto livello di temperatura alla sera.

Altre volte è lei che mi fa capire con le sue mani che vuole maltrattare il mio corpo. Quando questo accade so già che sarò trattato come una vera donna in calore, con la mia cara moglie che sfogherà la sua rabbia sul mio sedere, grazie ad uno strumento che ormai ha imparato ad utilizzare alla perfezione. Varierà il ritmo, passando da colpi ben fermi e veloci, fino a fermarsi completamente, per farmi assaporare la sazietà che viene dal riempire il mio buchetto.

Alla fine di questo trattamento, oltre a capire cosa significa ora "sesso", raggiungo un godimento che difficilmente posso provare con il sesso normale, un godimento che nessuno avrà mai, a meno che tu non decida di subire il ... fascino del cinghia.


# 10.   *The landlady* *(La padrona di casa)*


A casa mia sono io a portare i pantaloni, ma è mia moglie a comandare. Personalmente non sono un uomo aggressivo, e il mio matrimonio rifletteva la mia personalità, avendo sposato quella che nell'immaginario collettivo è una donna dal carattere molto forte. A casa lei prende le decisioni più importanti, il mio lavoro è lavorare sodo e cercare di soddisfare i suoi desideri.

Non mi occupo di nulla, né dal punto di vista contabile né delle decisioni che vengono prese all'interno del nucleo familiare.

Quella che inizialmente era solo una prerogativa che interessava la vita domestica, pian piano si è spostata anche nella camera da letto.

Decide lei quando fare l'amore, così come decide con quale posizione vuole essere soddisfatta. Questo capovolgimento di ruoli inizialmente mi ha un po infastidito, ma poi il mio carattere condiscendente ha preso il sopravvento, e infatti la consapevolezza che mia moglie è la vera padrona di casa ha preso piede nella mia mente.

Se da un lato questo ha portato a una maggiore libertà, dall'altro ha portato il mio corpo a essere a completa disposizione del mio coniuge. Immagina quale stupore quando di punto in bianco, la mia gentile moglie durante uno dei preliminari in cui mi aveva ordinato di posizionarmi tra le sue cosce per leccarla mi disse: "Maiale uno di questi giorni ti faro provare il Pegging ". Non me ne sono accorto, ma dopo che è stata travolta da un orgasmo orale ho cominciato a ripensare a quella parola, di uso insolito e a me sconosciuto.

Le mie richieste di spiegazioni non ebbero effetto e per quella notte dovetti addormentarmi con il termine Pegging che ronzava nella mia testa. La mattina dopo appena arrivato in ufficio ho fatto una rapida ricerca, ed è stato così che ho scoperto che mia moglie voleva ... penetrarmi. Inizialmente fui colto da una paura atavica. Il gesto in sé non mi spaventava anzi forse mi intrigava, ma temevo che quello sarebbe stato il passo che avrebbe decretato la fine della mia mascolinità. Sacrificando il mio buco del sedere avrei sacrificato l'ultima parvenza di virilità, per attraversare il pendio di una femminilizzazione che non sapevo quanto piacere mi avrebbe dato.

Con uno stato d'animo piuttosto controverso, ho finito la mia giornata lavorativa pieno di curiosità, ma una volta a casa non ho sollevato l'argomento.

Passarono alcune settimane in cui la vita procedeva tranquilla, con le solite scopate in cui cercavo di accontentare la mia signora, lei non parlava più della pratica di cui aveva accennato, e io facevo di tutto per non sollevare l'argomento.

Una mattina il mio cellulare squillò all'improvviso, era il corriere che mi stava cercando per consegnare un pacco.

Non avevo ordinato nulla e prima di accettare ho telefonato a mia moglie per sapere se avesse fatto acquisti su internet. Mi ha detto che mi aveva comprato un "regalo", mi ha pregato con voce che vibrava di una nota di eccitazione di prendere il pacco, portarlo a casa quella sera e allo stesso tempo mi ha detto di non aprirlo .

Feci come mi aveva detto, anche se più volte quel giorno ebbi la curiosità di contravvenire a quell'ordine, che se da un lato mi piaceva dall'altro mi faceva sentire una sorta di paura.

Dopo il lavoro rientro a casa, qualcosa però era diverso dal solito nell'aria. La padrona di casa indossava un abito nero aderente che non avevo mai visto prima, la tavola era apparecchiata e lo stufato brontolava in cucina.

Dopo avermi baciato più calorosamente del solito, mi prese il pacco dalle mani e lo mise come centrotavola, poi mi chiese di andare a farmi una doccia mentre lei metteva la cena nel piatto. Fu una serata abbastanza piacevole, al termine della quale morivo dalla curiosità di sapere il perché di quel trattamento special. Curiosità che fu elusa quando mi porse il pacco e mi ordinò di aprirlo.

"È il tuo regalo, ma dopotutto è anche un regalo per me" quando ho sentito quella frase, ho capito che probabilmente era arrivato il momento di "dare il culo".

Avevo intuit che nella confezione ci fosse uno strapon, insomma un pene indossabile, un pene che quella sera mi avrebbe privato della verginità anale.

I suoi occhietti brillavano. Non ebbi nemmeno il tempo di guardare lo strumento, che tra l'altro mi sembrava enorme, che avevo già la sua lingua in bocca. Era passato molto tempo dall'ultima volta che la vedevo così eccitata. Mi tolse la cinghia con lo strapon dalle mani. Era uno di quelli doppi giochi, sia per lui che per lei. L'ha lubrificata velocemente e la indossò velocemente.

Non ci sarebbe stato bisogno di parole, ho capito che non ci sarebbero stati preliminari. Sono andato in camera mia e mi sono spogliato. L'ho vista entrare bellissima, era ancora vestita ma in mezzo alle cosce spiccava lo strumento del piacere con cui presto mi avrebbe posseduto.

Devo ammettere che era brava, come al solito non era troppo delicata, questa ruvidità mi eccitava di più, e non potevo fare a meno di pensare che era passato molto tempo da quando un'erezione come quella che stavo avendo non si faceva più strada tra le mie gambe. Mi cavalcò a pecora, posizione così emozionante da vedere nei film.

Mi ha scopato brutalmente ma cercando di non farmi sentire quel dolore di cui ero preoccupato. L'esperienza è stata molto eccitante, la sentivo ansimare dietro di me come un mantice. I suoi gemiti aumentavano perché oltre a scoparmi si stava anche scopando da sola. Provavo emozioni discordanti, sentivo l'orgasmo crescere dentro di me mentre il movimento stimolava internamente anche il mio pene. Un orgasmo che all'improvviso non riuscii più a trattenere. Sono esploso all'improvviso espellendo quella crema calda che era l'essenza del piacere, un piacere che ha preso anche la mia donna che è venuta urlando fortissima.

Era la prima volta che venivo scopato dalla padrona di casa, una prima volta che spero di ripetere presto.

# 11.   *The mistress wife and the husband in chastity* (La moglie padrona e il marito in castità)

Sono una moglie dominante e mi piace il lato b.

Sì, c'è qualcosa di feticista forse che mi spinge a buttare sempre l'occhio sul culo del mio uomo o degli uomini in generale, sarà perché essendo una moglie amorevole adesso ho questa deformazione professionale o sarà dovuto a qualche istinto atavico ma adoro il culo degli uomini. Amo giocarci letteralmente, mi dà un senso di eccitazione a dir poco emozionante. Aver trovato o meglio cercato un marito che mi dia la possibilità di sperimentare è quanto di meglio potessi desiderare.

Adesso te lo dico.

Mi sono sposata non certo ascoltando il cuore ma solo per l'occhio della gente. Il mio uomo invece lo ha fatto per assicurarsi un futuro che altrimenti avrebbe potuto riservargli solo molto lavoro.

Prima del matrimonio sono stata molto chiara sull'argomento, non ero interessata né alla vita emotiva né a quella sessuale che ci sarebbe stata solo su mia richiesta e ogni possibile insubordinazione sarebbe stata premiata con ... tagliare i viveri.

Il mio allora giovane marito ha capito, ha sacrificato la sua vita privata sull'altare della soddisfazione economica che in gioventù non poteva neanche lontanamente immaginare e così facendo si è reso schiavo di me. La nostra vita è andata avanti così, molto tranquilla, per molto tempo.

Poteva avere accesso ad un conto bancario personalizzato e sempre completo, avevo la sua assoluta fedeltà fisica e a mentale. Dopo un pò ho iniziato a usarlo come mi piaceva di più, l'ho scopato quando mi piaceva e spesso l'ho lasciato dopo aver gustato il suo giocattolo di carne, senza che lui raggiungesse l'orgasmo. Ma, ad un certo punto, ho capito che mi stava tradendo, così sono stata costretta a prendere una decisione estrema per punirlo.

L'ho convocato una sera dopo cena. Ho lasciato libero il maggiordomo per potergli parlare con calma e quando finimmo di mangiare gli  ordinai di spostarsi nel mio studio private. Sul tavolino avevo preparato tutto ciò di cui avevo bisogno, gli oggetti erano però nascosti alla vista da una coperta in raso nero.

L'ho fatto sedere davanti a me e l'ho messo alle strette, gli ho subito chiesto se mi avesse tradito ingannando la fiducia che gli avevo dato. Sapevo già che lo avrebbe negato ed ero pronta a questo. È successo tutto come avevo organizzato, quando lui negò gli mostrai le foto, inequivocabili, che l'investigatore che avevo assunto mi aveva fornito. Lui era sbalordito. Subito dopo gli chiesi di togliere la coperta di raso.

Sul tavolo da una parte c'era l'istanza di divorzio preparata dal mio avvocato. Era basata sul tradimento provato e qualunque giudice l'avrebbe accettata negandogli qualsiasi somma e mandandolo di fatto a vivere in mezzo alla strada.

Dall'altro lato del tavolo c'erano una gabbia di castità e una cinghia con strapon. Spettava a lui scegliere il percorso che voleva seguire.

Avevo molto freddo e gli ho detto: "Hai la notte per pensarci, domani mattina voglio sapere la tua decisione". Mi alzai  e lo rinchiusi nello studio, avrebbe avuto molto a cui pensare.


# 12.  *Love and chasten* *(amore e castigo)*


La mattina dopo mi sono alzata di buon umore, comunque sarebbe andata per me sarebbe stato un successo. Ero sicura che non avrebbe abbandonato le comodità della bella vita, e così ha fatto. Entrando nello studio, ho notato mio marito letteralmente distrutto, la camicia sbottonata, la barba lunga, gli occhi consumati e arrossati dal pianto. Il documento era stato strappato in mille pezzi, la gabbia mancava dal tavolo e la cinghia era stata gettata sulla sedia.

Aveva accettato di prendere il sentiero più semplice, un percorso che avrei fatto di tutto per rendere molto difficile.

Volevo provare subito il culo del mio nuovo schiavo, gli  ordinai di chinarsi e di indossare la gabbia che poi chiusi con le due mandate e appesi la chiave al mio girocollo. Lo strumento era costruito su misura e permetteva all'uomo che lo indossava di andare in bagno,  l'erezione era dolorosa, ma non era un mio problema. Poi indossai lo strumento del piacere per la prima sessione di pegging.

Non ho nemmeno chiuso la porta, non mi importava se i servi ci vedevano, volevo far sapere a tutti che la bella vita di mio marito era finita.

L'ho cavalcato senza alcuna esitazione, ho cercato di essere  più dura possibile, ho dovuto far pagare al mio schiavo il tradimento, un tradimento che mi feriva più per mancanza di fiducia che per la presunta fedeltà che mi aveva sempre detto di avere.

# *13.    My little dog (Il mio piccolo cane)*

Dopo quel primo anal, molta acqua è passata sotto i ponti, i rapporti con mio marito si sono infatti stabilizzati, è il mio schiavo e io la sua unica amante. Lo scopo anche nel culo più volte al giorno e così facendo gli ricordo il suo status di ... servitore sessuale.

Da allora ho acquistato un assortimento di cinturini abbastanza vario, a volte vado con lui al sexy shop di quartiere, e gli chiedo di parlare con le commesse per scegliere quello che gli piace di più, mi piace guardarlo mentre chiede imbarazzato informazioni sullo strumento che sodomizzerà.

Non ho ancora detto a nessuno della cintura di castità, ma lo farò presto. Mi ha tradito ... L'ho fottuto e l'ho reso casto.

# 14.  *Straight man discovering new horizons* (Uomo etero alla scoperta di nuovi orizzonti)

La curiosità non conosce limiti:
Uomini che vogliono trasgredire.

Si dice che la curiosità sia femminile, ma quando ce l'hanno gli uomini si superano confini inimmaginabili, soprattutto se il contesto è sessuale. In questo contesto puoi sperimentare su molte cose e poi vedere gli effetti che danno, tutto può essere provocatorio e allo stesso tempo intrigante, molto dipende dai tuoi gusti in fatto di sesso. Avendo una profonda cultura sessuale, l'uomo può essere attratto da diverse sfumature sessuali e quindi la voglia di provarle è innata. Il pegging può quindi essere uno di questi ma per poterlo fare serve un partner sessuale che possa essere la tua donna o, in caso contrario, cercare qualcuno che sia disponibile. Quindi l'uomo etero è spesso alla ricerca di modi per provare questo pegging che non è altro che una donna con uno strapon che penetra l'uomo con un dildo.

In questo modo i ruoli delle due componenti si invertono e ognuno di loro può sperimentare ciò che l'altro sente tutte le altre volte che il sesso viene svolto in modo naturale. Per aumentare quindi la conoscenza e la pratica di questa sfumatura sessuale stessa, la tecnologia viene in soccorso di vari uomini. Sono state infatti create chat che ti permettono di incontrare altre persone che condividono questi desideri sessuali e donne che sono disposte a sodomizzare gli uomini per il piacere di entrambi. Qualsiasi uomo etero troverà donne che usano lo strapon per intensificare la vita sessuale di vari partner noti in questo settore. Le stesse donne metteranno poi a disposizione la loro esperienza e la loro fantasia per creare un incontro dove poter fare di tutto per entrambi, purché legato al pegging e alle varie tipologie di strapon esistenti. Infatti, visitando i siti e i sexy shop che vendono questo tipo di gadget, puoi vedere che esistono diverse forme che servono a dare un piacere diverso ma tutte finalizzate alla penetrazione. Una volta che la conoscenza inizierà ad intensificarsi, sarà facile arrivare all'incontro e quindi la percentuale di successo non farà che aumentare. Sono tante, infatti, le storie che si sono incrociate, come quella che vede come protagonista un uomo etero, Fernando, e una donna dal carattere dominante, Marzia.

# 15.   Sexual discovery runs on the web *(La scoperta sessuale corre sul web)*

Un mondo da vivere.

La simpatia di Fernando unita alla sua verve lo hanno sempre messo in buona luce con ogni donna che ha conosciuto, in questo modo è riuscito a conquistarne tante. Le esperienze sessuali avevano fatto sì che il ragazzo di 34 anni fosse in grado di spaziare molto tra le sfumature sessuali. Grazie ad un amico ha poi conosciuto un sito di incontri che lo incuriosì così tanto che andò a visitarlo pe scoprire di cosa si trattasse. Ha poi iniziato a chiacchierare con Marzia, una donna di 35 anni che lo ha introdotto in questo mondo.

Gli spiegò bene cosa fosse e quale poteva essere lo scopo di questa conoscenza. Quindi la conversazione faceva crescere sempre più il livello di intimità e la confidenza sulle esperienze sessuali. Questo portava inesorabilmente ad aumentare l'eccitazione.

Poi è seguito un incontro in cui la donna ha invitato l'uomo a lasciarsi dominare da lei e a vivere questa esperienza in modo naturale. Fernando incuriosito e preso in giro da Marzia la  ha lasciata fare. Marzia così tirò fuori dalla borsa alcuni strapon spiegandone  vari usi possibili. Così pia pian entrarono in un livello superior di condivisione. Tra baci e giochi linguistici, Marzia si mise lo strapon e  mentre prendeva in giro il suo partner  la curiosità diventava eccitazione e poi vero ed intense pegging. Fernando non aveva mai provato una sensazione del genere e quando ha poi raggiunse l'orgasmo per l'abilità dimostrata da Marzia in questa performance, ne fu felicissimo. Da quel giorno, il ragazzo non potè più fare a meno del pegging. Ritornò spesso da Marzia ma altre volte decise anche di  provare con una diversa partner sessuale.


# <u>16.    *Guido makes love to a woman he met online*</u> <u>*(Guido fa l'amore con una donna che ha conosciuto online)*</u>


Mi chiamo Guido e sono un uomo di 28 anni che ha sempre il desiderio di vivere esperienze sessuali altamente trasgressive. Ho fatto sesso con tante donne e con tutte non mi è mai piaciuto restare entro certi limiti: amo superarli. Questo perché mi piace provare ciò che non ho mai sperimentato e grazie a nuove pratiche posso scoprire nuove forme di eros. Un esempio importante è il pegging che da tempo ho avuto modo di scoprire e provare direttamente: Ammetto che è una delle cose più belle che un uomo possa provare durante il sesso. Inizialmente avevo quasi paura di sentirlo e non ne sentivo molto il desiderio, ma col tempo la curiosità è aumentata e anche la voglia di spingere oltre la mia immaginazione. Mi successe, direi abbastanza casualmente almeno da parte mia, di aver modo di provarlo con una persona in passato e da allora il pegging è qualcosa che mi piace sperimentare per divertirmi insieme ad un partner che sa praticarlo.

# 17. The ideal partner to share pegging _(Il partner ideale per condividere il pegging)_

Stavo cercando una donna che potesse deflorarmi analmente come succedeva nei racconti dei miei colleghi. All'inizio ero molto scettico e perplesso perché spesso diffido di siti di questo tipo: eppure ho avuto modo di cambiare idea. In effetti, ho trovato molto velocemente una donna molto sexy che voleva condividere esperienze di pegging con me. Il vantaggio on line è che puoi anche incontrare utenti che si trovano nelle vicinanze spesso

Avevo paura di dover incontrare persone a chilometri di distanza ma è stato possibile incontrarla dopo un viaggio di pochi minuti. Con questa donna sensuale e provocante portiamo avanti il nostro rapporto basato sul pegging e sul desiderio di trasgredire insieme.

Ed è stato sicuramente bello raccontare questo tipo di esperienza con i colleghi in ufficio che mi chiedevano com'è andato il mio primo appuntamento.

Devo molto a loro per avermi fatto scoprire questo modo diverso di fare sesso. Credo sia il migliore per coloro che hanno voglia di sperimentare qualcosa di nuovo e di diverso, andando oltre i limiti canonici imposti dal pensiero comune durante un rapporto sessuale.

# 18.　*The first time i tried it* *(La prima volta che l'ho provato)*

Ottenni un appuntamento con una signora conosciuta su internet su un sito specializzato proprio in incontri diciamo "paricolari". La prima volta che ci siamo incontrati è stato davvero emozionante perché era molto sensuale e non vedevo l'ora di provare qualcosa di molto piacevole e diverso, proprio come descritto dai miei colleghi.

Anche se all'inizio ero un po 'spaventato, mi sono lasciato andare e ho avuto modo di provare il pegging che, da quel giorno, è una delle pratiche di cui non posso davvero fare a meno.

Voglio sempre fare sesso in questo modo con la mia partner conosciuta in chat, anche perché è una donna aperta e senza alcun tipo di pregiudizio verso questo tipo di esperienza.

Mi sono divertito grazie allo strapon che indossava e abbiamo potuto scoprire quanto sia divertente interpretare ruoli invertiti mentre si fa sesso. Qualcosa di estremamente soddisfacente.

# 19.  *Ivanca's testimony* (*La testimonianza di Ivanca*)

Ciao a tutti, mi chiamo Ivanca, sono una madre divorziata che possiede una farmacia abbastanza grande in periferia. Ogni giorno ho a che fare con tanti clienti: Anziani che mi raccontano tutti i loro mali, pettegolezzi, la vita, la morte e i miracoli di clienti usciti poco prima, neomamme in cerca di consigli su come comportarsi con i propri figli e molto di più ancora. Ma mai, mai nella mia vita avrei potuto immaginare di imbattermi in Marco (questo non era il suo vero nome ma lo chiamerò così e non userò il suo vero nome per la privacy).

L'incontro con Marco e la passione per lo Strapon.

Ricordo come se fosse ieri quando sono entrata nel mio negozio e l'ho visto andare nel reparto che  crea imbarazzo e vietato ai più piccolo. Ovviamente parlo del reparto per adulti (preservativi, lubrificanti e tanto altro ); ma lui rispetto alla maggioranza dei suoi coetanei (da questo capirete sicuramente che la persona in questione è un adolescente ma sempre per privacy non rivelerò l'età) aveva un aspetto diverso, non spaventoso e nemmeno imbarazzato ma tanto sicuro che proprio quando l'ho visto andare alla cassa con uno strapon in mano è stata la suasicurezza a mettere in imbarazzo me. Essendo una persona che si imbarazza e arrossisce facilmente, lui si deve  essere accorto di questo mio stato d'animo e in tono molto gentile e allegro mi dice che lo strapon non è per lui ma per suo fratello (ma era chiaro che fosse per lui) .

Approccio di Ivanka e Marco.

Questo modo di fare mi colpì così tanto che dopo esserci scambiati i contatti nei giorni successivi cominciammo a parlare in chat e ad uscire finché un giorno gli chiedo il motivo del suo acquisto nella mia farmacia e lui mi spiega che era così stanco del solito sesso fatto di  penetrazioni di  vagina e ano della sua ragazza che era arrivato ad un punto in cui non gli piaceva più come prima e che quindi scorrendo i vari siti aveva  scoperto la pratica del pegging ma nel tentativo di proporlo alla sua ragazza fu lasciato dalla stessa. Ovviamente sapevo già dell'esistenza di questa pratica ma feci finta di non conoscerla

La serata con lo strapon.

Cominciammo a vederci spesso e dopo tanti approcci sessuali e sesso totalmente convenzionali  arriviamo alla famosa serata di cui sto per raccontarvi.

Eravamo a casa mia (i bambini erano via per una festa di compleanno) iniziamo con i soliti preliminari ma quando lui mi mette a 90 ° per potermi penetrare lo fermo e mi alzo per andare al cassetto del mio comodino.

Tiro fuori uno strapon uguale a quello che comprò quel famoso giorno e gli dico ora do io le regole.

 Sembrò davvero entusiasta di essere sottomesso quindi si mise nella stessa posizione in cui ero io poco prima mentre lui voleva penetrarmi. Gli sputo nell'ano e inserisco un dito per controllare l'apertura e noto con grande stupore che il buco è abbastanza grande e quindi non era la sua prima volta probabilmente.  Questo pensiero mi eccitò così tanto che comincio a entrare ed uscire con il dito e più lo vedo eccitarsi più mi eccito io per il risultato. Avere il ruolo di dominatrice, quella che ha diretto tutto il gioco erotico mi ha fatto sentire come non avrei mai pensato. A un certo punto restai letteralmente stupita perchè prese il mio strapon con la mano e se lo infilò nell'ano. Volevo che continuasse ancora qualche istante  ad assaporare il desiderio della penetrazione prima di riceverla, ma era così eccitato che non riuscì a resistere. Così  iniziai a penetrarlo lentamente, sempre più eccitata, mentre il mio strapon scendeva ad ogni colpo più in profondità. Poi per aumentare il suo piacere (e il mio) ho iniziato a masturbarlo e penetrarlo allo stesso tempo e questo mi diede davvero una sensazione di onnipotenza e un piacere indescrivibile. Avere un uomo a quattro zampe con te a cui puoi fare qualsiasi cosa (vederlo, morderlo, schiaffeggiarlo, insultarlo) e vederlo supplicare di continuare a incularlo mi  fece venire ancora e ancora. Ovviamente tutto questo è durato poco. Il piacere (mio e suo) è stato così grande che dopo pochissimi istanti, che ho iniziato a segarlo, si è liberato ed ha schizzato ovunque. Dopo la relazione pirotecnica gli ho chiesto del buco dell'ano così dilatato e lui rispose che aveva conosciuto diverse ragazze e donne a cui piaceva questa pratica e che nonostante fosse consapevole del tradimento non riusciva a porvi fine. Perché il pegging era diventato come una droga di cui non poteva fare a meno.

In effetti aveva ragione.

26

# 20.  *My first time* ( la mi prima volta)

Questa è la prima volta che scrivo un racconto e anche se è un fatto che mi è realmente accaduto diversi anni fa, perdonatemi per gli errori di grammatica e sintassi, d'altra parte non sono certo un romanziere professionista.

Mi piacciono le donne, solo donne ed esclusivamente donne. Non ho niente contro gay e transessuali ma provo attrazione fisica solo per un vero corpo femminile, adoro toccare il loro corpo, baciarli, accarezzarli, strizzargli il seno, leccare le loro fighe, scoparle in tutte le posizioni, guardarle succhiare il mio cazzo e riempirgli la bocca con il mio sperma.

Mi piacciono le donne, ho detto, ma ho una fantasia che mi segue da diversi anni ormai.

Adoro guardare film porno in cui ci sono lesbiche che si scopano a vicenda con uno strapon e vedere una ragazza che ne indossa uno mi fa impazzire e il mio cazzo si indurisce all'istante.

Una mia ex ragazza ha anche notato che ogni volta che mi succhiava davanti a una scena come questa le venivo in bocca in modo esagerato, quindi una volta mi ha chiesto: "Vuoi che ne metta uno?"

"Sì, mi piacerebbe", ho risposto.

"Ci avrei scommesso. Guarda come ti eccita, sento il tuo cazzo diventare molto duro. Dovresti comprarne uno, magari in quel sexy shop dove hai comprato quel vibratore per me. "." Hai ragione, ci andrò presto. Voglio liberarmi da questo capriccio ".

"Bravo maiale, ci divertiremo molto. Pensa cosa potremmo fare. Scommetto anche che lo prenderesti tutto su per il culo ".

A quelle parole le sono entrato subito in bocca e ha assaporato il mio sperma come se fosse yogurt.

Pochi giorni dopo sono andato in quel sexy shop,  scesi le scale e vidi che, a differenza delle altre volte, c'era solo una signora che credo fosse la compagna del proprietario. Forse era sulla trentina, lunghi capelli neri raccolti in una lunga coda di cavallo. Vestiva con un bel body nero molto attraente soprattutto per quei seni che trasparivano dalla camicetta e per quella gonna che lasciava liberi 10 centimetri di due belle cosce nude prima che lo sguardo giungesse alle ginocchia.

Mi sorrise e mi salutò, probabilmente si ricordò che c'ero già stato prima.

Sapevo già dove andare in quanto nelle altre visite mi ero già soffermato ad ammirare gli strapon dalla finestra che li conteneva. C'erano modelli diversi e a prezzi diversi ma mi sono subito piaciuti quelli con sistema VAC-U-LOCK con falli intercambiabili. Erano i più cari ed avevano anche sicuramente una cifra considerevole ma io sono uno di quelli che pensa che più spendi meno spendi.

Stavo pensando a tutto questo quando sono rimasto sorpreso quasi di spalle da una voce femminile che mi chiese: "Posso aiutarti?".

Mi voltai e vidi la signora che continuava a sorridermi. Avevo già notato altre volte che lei fosse interessato a questo tipo di prodotto. Non deve essere timido, siamo soli e ci sono abituata, dopotutto è il mio lavoro. Fai finta che io sia il tuo medico di fiducia.

A quel punto ho preso coraggio e ho detto: "Veramente mi interessava ma non so prendere una decisione".

"È vergine?" mi chiese, a bruciapelo,ma io ho feci finta di non capire, ma lei insistendo disse: "Ha mai fatto sesso anale? Voglio dire, se mai l'avesse preso nel sedere. Mi dispiace se sono così diretta ma non dobbiamo esitare, devo capire per consigliarti nel miglior modo possibile ".

Ho detto di no e poi lei ha continuato con una voce leggermente maliziosa: "Capisco".

Allora ti consiglio il modello da 6" perché il modello da 8" potrebbe essere troppo grande per lei ma poi se vuole può sempre comprarlo più tardi quando avrà fatto un pò di pratica ".

"Va bene, prendo quello che dice", risposi.

"Sono contento che lei abbia preso la sua decisione e che io le sia stata d'aiuto. Aspetti che vado  a prenderlo dal magazzino."

L'ho aspettata alla cassa per qualche secondo quando già tornava dalla porta dietro il bancone con il pacco in mano.

"Posso consigliare l'acquisto di un gel lubrificante", ha detto, prendendo una bottiglia da uno scaffale accanto, "che è essenziale per facilitare la penetrazione.

Se ne compra due posso farle uno sconto ".

"Va bene, prendo anche le due confezioni di gel."

"Ti pagherò anche un paio di preservativi aromatizzati."

"Grazie mille".

Ho pagato e quando stavo per prendere la busta mi ha chiesto: "Sai già come indossarlo?

Non è difficile ma se vuoi venire da quelle parti ti faccio vedere come ". A questo punto passò dal lei al tu. Prima che potessi dire una parola, aveva già preso il pacco e si era avvicinata all'ingresso del negozio, chiudendo la porta dall'interno, "così non ci disturbano", ha continuato ammiccando.

Mi condusse in fondo alla stanza, accese la luce e posò la scatola su un tavolo accanto a un piccolo frigorifero. Prese una scatola da uno scaffale e tirò fuori un paio di guanti in lattice simili a quelli usati dai chirurghi.

"L'igiene prima di tutto e poi con tutte le malattie che si stanno facendo sentire oggi, non ci sono mai troppe precauzioni".

Aprì la scatola e cominciò a spiegarmi: "È semplicissimo, apri la mutandina e fissa questo pezzo con la punta arancione con il clack proprio al centro dove c'è il foro centrale e poi inserisci il fallo usando il foro dietro fino a raggiungere il fondo ".

L'ho guardata in silenzio mentre continuava abilmente il montaggio.

"Poi devi prendere queste cinghie e passarle su questi anelli per formare una mutandina." A quel punto non credevo ai miei occhi. Prese lo strapon e iniziò a dimenarlo sollevando la gonna e mostrandomi uno slip  bianco che le strizzava bene i fianchi mentre alcuni peli della fica ricci e neri facevano capolino dall'elastico.

Stava di fronte a me, guardandomi mentre teneva il cazzo che aveva tra le gambe con la mano destra, mimando una sega e con voce un po 'più alta mi chiese: "Ti piaccio?".

Non risposi e continuai a fissarla in silenzio.

"Dai, avvicinati, non essere timido. "

Ho fatto qualche passo ancora senza parole per la sorpresa di questa scena.

Mi  guardò in modo molto seducente e con tono autoritario disse: "Toccalo, prendilo in mano, senti quanto è grande? Sei eccitato, vero? Scommetto che è diventato difficile per te. Sbottonati i pantaloni e fammi vedere ".

Sono rimasto in silenzio mentre continuavo a toccare il suo cazzo.

"Dai, non perdiamo tempo, non abbiamo l'intera giornata".

Ho iniziato a sbottonarmi i pantaloni e dalle mutande il mio cazzo sporgeva già dall'eccitazione.

"Ha un bel cazzo duro grande quasi quanto quello che ho tra le gambe."

Dopo pochi secondi mi ha chiesto: "Hai mai preso un cazzo in bocca?"

Feci di no con la testa.

"Beh, c'è sempre una prima volta, puoi iniziare con questo, dopotutto è quello che volevi, giusto?".

"Fragola o caffè?".

Inoltre per lo stupore della situazione non mi resi conto che lei mi avesse chiesto se preferissi  fragola o caffè, cioè di che sapore preferivo il preservativo? .

Me lo richiese di nuovo ed io risposi: "Fragola",  e lei ne prese uno da un cassetto sotto il tavolino e lo srotolò sul suo cazzo.

Poi mi prese la testa e la spinse giù, come avevo fatto tante volte con le ragazze, fino a quando non ho preso il suo cazzo in bocca.

Iniziai a leccarlo imitando quello che avevo visto fare molte volte alle mie partner sessuali e alle pornostar nei film porno. Iniziai a leccare la punta con la lingua, poi la presi tra le labbra e poi sempre più avidamente tutto in bocca.

"Sei sicuro che sia la prima volta? Sembri molto esperto." Continuava a parlare, tenendomi la mano dietro la testa e spingendola verso il suo cazzo.

"Dai, continua a leccarlo, non fermarti, succhiami bene e nel frattempo fatti una bella sega".

Iniziai a toccarlo mentre la sentivo diventare sempre più troia e lei iniziò a dire frasi sempre più oscene: "Ti piace succhiarmi il cazzo, vero? E scommetto anche che non vedi l'ora di metterlo nel culo, di rompere quel tuo bel culo". Terminando con una grande risata e poi proseguì:" Tra pochi minuti non sarai più vergine, io ti impalerò con questo bel cazzo. "

Non capivo più niente, ero completamente pazzo di  piacere, mi sentivo una troia, non avrei mai creduto che una situazione del genere potesse accadermi.

"Alzati", ordinò, "metti le mani sul tavolino e mettiti a quattro zampe, così me lo scopo subito," disse mentre spalmava il lubrificante sul suo cazzo.

"Eccolo che arriva" e infatti ho sentito la punta del suo cazzo sul mio buchino che resistiteva mentre lei spingeva più forte.

"Allarga le natiche con le mani" e appena l'ho feci mi spinse la cappella nel culo e per il dolore spalancai la bocca di riflesso ma senza emettere alcun suono e poi stringendo i denti tra le labbra ho sentito quel cazzo entrare nascosto .

"Il peggio è passato, ora comincerai a divertirti come una cagna" disse mentre iniziava ad andare su e giù per il mio culo, prima piano e poi sempre più velocemente e sempre più in profondità.

Non avrei creduto possibile che mi sarei divertito così tanto a prenderlo dietro.

"Ti piace, non è vero? Ti piace essere inculato? Adesso sei sicuramente rotto nel culo. Prendi questo cazzo e divertiti come una cagna." Iniziò a urlare sempre più forte.

Piegato ad oltre novanta gradi, ho girato la testa verso di lei e ho visto il suo viso compiaciuto mentre me lo sbatteva dietro e il suo seno grande sporgeva dalla camicetta ormai quasi completamente sbottonata.

"Dai, fatti una bella sega mentre continuo a scoparti. Dai divertiti, divertiti." A quel punto il mio cazzo è esploso come non aveva mai fatto prima con il mio sperma sul pavimento mentre lei rallentava il ritmo dandomi il tempo di assaporare quel piacere insolito.

Mamma mia che sborrata ho pensato e mentre già si toglieva lo strapon mi disse: "Prendi quei fazzoletti e pulisci li per favore. Nel frattempo rimetto tutto nella scatola".

Dopo alcuni minuti passati quasi in assoluto silenzio, siamo usciti dalla stanza e ci siamo diretti verso la porta di uscita del negozio che lei nel frattempo aveva aperto con il pacco in una busta.

"Grazie e torna a trovarci", disse gentilmente.

"Grazie a lei", ho risposto e questa volta abbiamo riso entrambi.


# ***Conclusions***


È la prima volta che scrivo racconti e ti prego di perdonarmi per errori di grammatica e sintassi, d'altra parte non sono certo un romanziere professionista.

Spero di averti fatto trascorrere un po 'di tempo in modo alternativo e di aver stimolato la tua curiosità ad esplorare nuovi lidi. Grazie e se è così, se vuoi, una valutazione mi farebbe molto piacere.

Grazie. Grazie. grazie.